高屋敏子歌集

息づく庭

コールサック社

歌集　息づく庭

目次

歌集

息づく庭

高屋敏子

第一章　父の植ゑたる芙蓉

一九五一年（昭和二十六年）〜一九五五年（昭和三十年）

いつしかに雷の音遠ざかり夕べあかるきなないろの虹

やみて降り降りてまた止む細き雨せんだんの葉のぬれて光れる

鳴ききそふ蟬の鳴く音のつとやみて一むらの雨涼しくすぎぬ

ほこり上ぐ瞬間土にまき水のすひこまれゆく立秋の暑さ

今は亡き父の植ゑたる一叢の芒のかげに芙蓉咲きたり

吾家の門まがり来れば木犀の香り一際鼻をつくなり

父の歌しづかに読みて寂しかり今宵の我は望み大きく

藪柚子の実赤々と冬山の楢の梢は風にゆらぎて

梅数輪ほころび初めし我家の窪地のあたり春日やはらか

一面の雪のまぶしく光る朝ぱさりぱさりと竹はね返る

師の歌を読みて心の安まるを日課に組みて心落ちつく

つと垂れて巣を編み始むるこの蜘蛛の一念にしばし時を忘れて

粧ひの手早く終へし朝なれば芙蓉の花に向ふひととき

つま先のひやり冷き感触に秋の深みをひとり覚ゆる

うすねずの小紋の着物に黒き帯を斜めに結びし人母に似て

ふり続く雨に桜も散り果てて早くも萌ゆるさみどりの嫩葉(わかば)

障子開けて庭土見れば静かなる春雨煙り水仙の伸ぶ

息づまる程木の芽のにほふ五月野を心楽しく歩み来れり

父の居間にはたきを入れて新たなるとりとめのなき思出楽し

さらさらと笹の上よりまろびつつ霙ひとしきり雪とかはりて

コホロギのか細く鳴きて裸木の影うつりゐる十三夜の庭

椿咲くあたりか藪か今朝も又同じ音色の鶯来鳴く

誰か先に参つてくれた跡のあり父母の墓前の三叉の花

むくむくと西の空より雲の涌き風の出で来ぬ遠き雷鳴

村雨の露を宿せる柿の葉の冷たきまでに月に輝く

時折に小枝の折るる音のして雪の朝の野は静けかり

雪重み半円描きて数尺の竹は折れたり道を覆ひて

胸を病み死にてゆきたる吾が友を梨の花咲く下に偲ばむ

肌寒き月明の庭を歩む時しめやかににほふ木せいの花

夕光の中に小粒のせんだんの実動かずに寒深くなりぬ

この夜も衣縫ひつゝ静かにて未来に寄せる思ひの数々

本箱の中より出でし古き文読みつゝ整理す嫁ぐ日近し

この朝の波の輝きまばゆくて新しき世界吾にひらけぬ

低く飛ぶ小鳥のありてこの沼地一日明るき雨は降りつつ

しとど降る雨の中にて紫の藤の花房ゆれて明るき

重たげに露をふくみし紫陽花の花さくあたり霧雨明るし

しげく降る雨に心の洗はれて朝素直な吾にかへれり

パン工場近くにありて爽やかな朝の空気にとけこみ包み

病癒え厨に立ちて米洗ひかくある事の幸を知る

父と母のねむりし墓前に今日を来て静かに夫と香をたきたり

豆腐屋のラッパが遠く聞え来て早くも今日の四時となるらし

第二章　雨上がる庭

一九五六年（昭和三十一年）～一九六五年（昭和四十年）

さみどりの藤の新芽は柔かき明るさにして影を作れり

ゆたかなる白藤垂れし春宵は遠き思ひの何故か涌き来る

花だけに心奪はれ来しものか藤若葉の今朝の盛り上がる輝き

若葉打つ雨音さやかに聞え来て吾の怒りも静まれる夜

風吹けば無数の胞子吹かれ来て自然に繁殖の責果さんとす

厚氷はりたる池の一角ゆかきつばたの小さき生命は萌ゆ

雨上がる庭を隣家の猫すぎて雀飛び立ちぼけに移れり

悪酔ひに苦しむ夫を冷ややかにみつむる瞬間ありてはつとす

一つ一つ量感あるも華やがずかげ深々と紫陽花の咲く

寄する波遠き渚にひろがれば水恋ほしくて跣となれり

鈍色に凪ぎたる秋の海原よ荒れ狂ふ日のありやまことに

白萩と白き芙蓉と朝の間を静かに咲きて吾が庭の秋

吾が内に芽生えるもののありと云へばおほらかに日々を生きんと想ふ

鶯の幼きが今日山茶花と夾竹桃の枝に遊びぬ

胎動のはげしき夜にして寝ねがたし生れ来るものに思ひをはせて

やつれしと云はるる事も嬉しくてはりさし乳房に双の手を置く

まだ見えぬ瞳の中に母吾の顔うつり居りお七夜の朝

乳くさき匂ひ微かに流れ来てむづかりゐしが又も寝つきぬ

さつぱりと乾きたるむつき山にして何よりも吾の心足らへり

渋面を作りて乳房に吸ひつかぬ三か月の吾子の最大の反抗

刺す力失ひてきし蚊の一つゆるく飛べるを吾子は目で追ふ

たき火の灰の降れるによく似たり軽く小さく心なく降る雪

一面が雪に真白きは今朝なりき信じられぬ程に春光溢るる

衿立てて雨の中行く人の群に交りて吾も急ぎ歩きぬ

かつちとスプーンに当る音たしか歯の生えそめし吾子の成長

銀杏の裸木の梢喜々と風過ぎて空冷たく澄みぬ

八千代橋にかゝりて空の開け来し吾の好みのくれそめし空

至るところ挿木にしたる沈丁花匂ふ朝を鶯の鳴く

逝きし師が事につけて思はるる今宵寂しき晩春の雨

手放しでぼろぼろ泣けり金町の駅にて別れし師の今はなく

自ら生を絶ちたる若き師の深き悩みに思ひめぐらす

青みどろ濁れる池の中程に大蟇蛙ゆつたりと浮く

咲き盛る八つ手の花に丸き蜂ひねもす寄りて尚蜜を吸ふ

ぶよの群庭にいくつか動きゐて曇る日の夕わびしく暮れる

暮れなづむ夕光の中に紫の藤の花房ゆるやかに揺る

赤あかと燃ゆるが如くカンナの花さびれ行く庭にここぞと咲けり

靴つけし足を気にしてなかなかに地に足つかぬらし子のおはき初め

水銀灯にへばりつきたる守宮の子二匹の影の黒く浮きつつ

たんたんと吾の欠点指摘さる姑に心騒がず黙して聞きぬ

あやしき迄美しき肌を保ちゐし二尾の大鯵焼かれゆく時

葉がくれに木苺の実のうれし色折からの風に存在示す

コスモスの数本南に傾きて暴風収まりし庭にわが立つ

闇に浮きて黄菊白菊ほの明る庭を歩めば冷えぞ激しき

部屋中が明るくなりて春の雪静かに積めば楽しき思ひ

奇しき縁ぞ親の名前を受けつぎてわが華道名髙屋翠扇

神の存在たしかにあるを信じつゝ夜の車窓にうつる吾が顔

柿若葉の緑殊更色さえて雷雲低く暗く垂れこむ

いち早く秋を告ぐると陽のささぬ庭にひつそり秋海棠咲く

生れ来て二十有余年の歳月は吾に悲哀も喜悦ももらふ

日照り雨吹き降る中を出でて来て東の空に虹かかる見ゆ

雪柳細き花びら池に散り雲重き夕を風のはりつつ

木苺の花数多く咲き出でし庭ほの白く暮れ惜しみつつ

春蟬の声にうたるる如くたつ雑用のすみししばらくの間を

屋根屋根の下にそれぞれ異なる生活のある街は展けぬ

さまざまの用事かかへて乗り合へる人同じスピードの電車の中に

棕梠の葉に卵を生むといふ話を思ひ出し池に棕梠を入れたり

掃き居れば土柔かく筋立てり土ふくれつつ春とはなりぬ

針状の花びらぱつと適確に朝開きて松葉菊のピンク

草群に風の起りつ爽やかな葉すれの音とよしきりの声

よしの葉の細きによしきり止りゐてしなへるままに風に吹かるる

今少しの命を思ひ精一杯の力に咲くか白きダリアは

わが厨の鍋の蓋おとせしその音に隣の犬の二三吠えたり

打ち水をしたる庭辺の百日紅ぬれたる幹の色の美し

幼き日共に苦労を分ち来し妹の今日の晴姿なり

白無垢に身を包みたる妹の胸中吾にも熱く伝はる

影法師が不思議でならぬ子と共に時間かかりて道を歩み来

雛人形に供へしお菓子のへらぬ事気になるらしく繰り返し問ふ

上りゆく程に紅葉がこくなりて那須山中の空気は寒し

藤の花忽ち咲きてこぼれたり美しきものの命短く

紅の唇より溢れ白濁の乳は豊かにわが子はぐくむ

夕顔の花開くときの瞬間を捉へがたくて今日もくれたり

ねこじやらしの穂に露おきて明けてゆく野辺一面の白き輝き

八つ手葉の凹みし所に雪白く積りて尚も降り続く雪

音もなく降り出したる春の雨に水仙の芽の尺余り伸ぶ

桐の花ひそかに咲きてすでに落つ一つの事を考へゐし間に

しろつめ草の花にて編める首飾り母へのプレゼントと子は持ちくれぬ

厚み持つ緑の芽生え嬉しくて枯葉を分けて尚も探しぬ

生垣にしぶく雨音きき乍ら落ちつきし宵を大切にせむ

紫の桐の筒花天に向き朝の空にさわやかに咲く

吾庭の落花著るし八重藤と桐の紫掃くには惜しく

せせらぎの音に眠りてせせらぎの音に明けゆく那須の山荘

高校生の視線にも馴れて四十余りのいけ花終り夕光にたつ

手にとりて枝ぶり示し漸くに指導を終り心やすらぐ

五年前のある夕べより吾が家に犬が住みつき白と呼びたり

犬小屋の脇に寝そべり顔伏せて白は静かに死を迎へたり

雨の朝白の好みしくずざくらと白の死体はかつぎゆかれぬ

第三章　はぢらひの花言葉

一九六六年（昭和四十一年）～一九七五年（昭和五十年）

強き雨あがりし朝の舗道行く清く洗はれて凹凸の道

すつきりと菖蒲の咲ける一所起抜けの目に爽やかに映る

子の心知らぬと吾に抗議する吾子の成長に心ひきしまる

二十数人の客の目が一斉に点前する吾子に注がれ息苦しくをり

はぢらひの花言葉あり下向きて十数本のシクラメン咲く

かざりなく風は匂ひを運びくるバラ園のベンチ去りがたくして

ぬかるみに散れる桜の花びらをなるべくよけて道を来りぬ

ところどころたんぽぽの黄も交りをりつばなの穂立ち風の過ぎゆく

見捨てるは誠に惜しき犬ふぐり可憐な色に地を覆ひ咲く

青桐の梢迄からみ朝顔は今朝も藍色の花を開きぬ

金属的の透る声にて鈴虫は秋を早くも鳴き出でにけり

松数本の刈り込み終へし庭にして急に明るく陽と風と入る

朝まだき河口につぎつぎ入り来り活気溢るる小さき海苔船

里芋の焦げる匂ひする夕餉時漁師町の露地を通り抜けたり

椎の木の目立たぬ花の咲き出でて青くさき風の庭に流るる

夕闇の迫る辺りを押さへつつ待宵草の黄色浮き立つ

アカシアの若葉のそよぎは夏めきて暑き陽射しを柔く返す

ねず色の深き輝き一連の真珠をそつと首に当てたり

冬至の日に喰めば長生きするといふ南瓜を今宵空揚げにす

神原先生亡き後吾に欠詠を静かに責めてはげましくれき

贈られし歌集が形見頁繰ればあの爽やかな朗詠思ひ出づ

五十日余りも雨を見ず過ぎて埃つぽき庭に水を打ちたり

乾きたる土は忽ち水吸ひて水仙の芽の緑現る

水仙の香り静かに顕ちて来る寝につかむとする闇の奥にて

思ひ切り八つ手の広葉を整理して根本に初夏の風を通しぬ

日に増して緑重たき庭の中鉄線の花びらゆるる風あり

埋立の決りし浜に浅蜊とる事も最後と海の気を吸ふ

朝明けをいきいきと咲くおしろひ花鮮やかな色に時を忘れて

生きることのむずかしさ説く右手麻痺の姑の胸中出先に思ふ

人の命一瞬にして消え失せし同じ線路を電車は通る

強風下サイレンの音しきりなり不気味な思ひに夫を待ちつつ

道すがらはぐさの茎を抜き取りて草笛を吹く幼ごころに

子の欲するひよこを一羽求め来てひよこと遊ぶ時間を作る

人間の瞼は上からひよこは下からと観察鋭き子に教へらる

築山の中腹に位置し美女柳雨ぐもる日に黄色明るし

甘き香を庭にふりまき青桐の幹に這ひ咲く「にんどうかつら」

茶の稽古終りて出でしビルの角もつやきの匂ひ街を流るる

心中を未遂に終りし弟子にして郷里に帰るを告げに立ち寄る

遠く島根に帰りゆく人の背後に幸ひ巡るをひたすら祈る

争ひし後の空しさわが裡にしみとほりくる細き虫の音

梅雨入りの朝に見出でし青葉かげ娘と植ゑたる京鹿の子の花

大声に子を叱りたる日の長く梅雨の厨心疼きぬ

墓地一面水仙咲きて華やぎぬ墓石に一合の酒をかけつつ

集中豪雨の傷跡今に残りゐて山より流れし木々に驚く

木の芽和へ作らむとして庭隅の山椒の刺に指を痛めぬ

愛らしきものと思ひて眺めをり銀杏の芽吹き赤子の手に似る

渓流の音に交りて河鹿鳴くをきき耳立てて吾は待ちつつ

南方諸島に果てたる人の魂祭ると舅は新米と酒を持ちゆく

北吹けば銀杏の落葉しきりなり小半日にして裸木に近し

冬の陽を集めて咲ける門先の八つ手の花に蜂の群れたり

寒つばき白玉つばきわびすけと冬のわが庭彩られゆく

突然に苦しむははの背をさすり手の打ちやうもなしおろおろとゐて

沈丁花の匂ひにむせぶ暇もなしははを看とりて季は移りぬ

岩かげに桔梗の花のむらさきの色ふかくして今日晴るる空

水銀に似たる色して咲くすすき列をなしつつ秋はるるなり

百草の枯れはつる頃を山茶花のくれなゐ冴えて季節遷るなり

やはらかき冬の光をうけ堪へて乙女椿の蕾ふくらむ

節分の今宵厨にめざし焼き魔除けの話子に聞かせたり

旅に出れば必ず茶花を持ち帰り庭に移して姑は楽しむ

云ひたき事云ひて笑ひて別れくる友多くして幸せとせむ

一年で一番長き日の暮を愛ほしむ如庭に佇ちをり

絶え間なく稲妻青く光る窓遠雷を聞きつつ寝につかむとす

第四章　息づく庭

一九七六年（昭和五十一年）～一九八八年（昭和六十三年）

枯草にひそかに当る冬の雨耳をすませばささやきに似て

亡き父を偲びて十数人集ひしに涙をおぼゆ父よ安かれ

吾のみの用事に出歩くこと多く子に詫びながら門の鍵しめぬ

地に伏して白萩はまだ咲きつげり枝払はずに今少し置かむ

生活に痛く疲れし顔ならむ電車の窓にうつるわが顔

終湯にタイルの汚れ磨きあげ主婦の座守ると一人うなづく

それぞれの芽ぶきの色も定めがたく雑木林は雨にけぶれり

聚光院の百石庭の杉苔に雨不意に来て萌えたつみどり

紫のせんだんの花に出合ひたる爽やかさは夜床につくまで

高原より運びて植ゑししもつけは明日にも色づく花を持ちたり

ぽつぽつと美央柳の咲きほぐれ夕暮ながき安らぎに立つ

だけかんば林に入ればば木もれ陽を受けつつ育つしだの一群

渓流の音さえざえと聞えをり雨かと目ざめし己を笑ふ

城跡の石垣に牧水の歌碑を読み喜びは深し懐古園にて

ゐのころ草すがれてなびく野の道をかれた心に吾はすぎゆく

単線の車窓は楽しわが頬にふれむばかりのはぜも尾花も

梅もどきの赤き実未だわが庭を彩りてをり心和らぐ

一面の芒ほほけし冬の野を乾きし風のひかりつつ過ぐ

色あせしキリン草の花木枯しに吹かれをるなり吾も吹かるる

尺余り屋根に雪のせ貨物車は北国のきびしき表情を持つ

木蓮のはなびら一片風に散り尊きものの思ひに拾ふ

茄菜にと取りし葉裏のかたつむりそつと隣のむくげに移す

脇枝の先に僅かの花つけし忍冬の朱は人目を集むる

夏の陽をゆたかに受けて塀際にかんぞうは咲く二年目にして

姫小松を心にいけたる立華にて格調高し自づと正す

カシミヤのショールに襟元合せつつ今雪あとの街にいでゆく

ひさ久に屋根打つ音の雨やさし春雷は遠く紛れずに聞え

紅梅のズハエは全て蕾持ち紅く輝き咲き出でむとす

永楽も卜伴ピンク侘助も庭中の椿一斉に咲く

到る所さみどりの若葉萌え立ちて見おろす景色平凡ならず

十二単衣の小草植ゑ来て小粒なる紫の花味はひ深し

待ちゐたる雨の降る日と重なりて初めて咲きぬ白き夾竹桃

まこと鷺の飛びゆく姿の鷺草を惜しみ切るなり今日の茶花に

鷺草と玉あぢさゐの調和よき床の茶会にひとり見とるる

吾の目を盗みて娘は野良猫に牛乳置けり八つ手の陰に

わが庭に初めて咲きし夾竹桃のま白き花をさけて水打つ

雨に濡れ梅の実急に熟れ来りもぐ日が今宵の話題となりぬ

照りつける暑さに向かひ炉と風炉の炭を分けをり茶道の一つ

炉と風炉の炭を洗ひて重ね上げ充実感に疲れなどなし

鳴沢川にそひて歩めば風寒く流の岸に蕗の薹萌ゆ

彼尾花白きが風になびきをり少し傾く野仏の側

鼻かけし二つの地蔵のよだれがけ新しくなりし村におりたつ

植付のすみし谷津田にふくみ鳴く蛙の声に吾は安らぐ

若き学徒の命果てたる地と聞けば香を供へぬ南無阿弥陀仏

ハイビスカスぽつかり咲きて雨煙る沖縄の街朝明おそし

背を丸めくぐり抜けたる天井は槍の林の鍾乳石群

点葉まで葉を喰ひ荒し青虫は華麗なる変身夢みてあらむ

夏草の刈り上げすみし土堤ゆけば干し草の匂ひ日ざしより強き

陽のささぬ玄関なれどストケシヤ昼には開き夕につぼむ

誰待つにあらず客間に花いけて夏の暑さに負けじと思ふ

水銀柱三十四度を示す日に汗流しつつ茶の炭洗ふ

庭先の宗旦木槿の紅深し明けきらぬ冷気に似合ふ茶花よ

はき寄せし落葉の中に背赤きとんぼの骸乾きて交る

異常なる気温愁ひつつおくる日を白藤葉陰に狂ひ咲きせり

牧水の梅の掛軸今朝かけて酒席のすみに父を恋ひをり

若葉打つ雨の激しく降り出でて暗みゆく庭に稲妻はしる

音もなく降り出したる雨受けてケマン草の色一段と冴ゆ

夜目に浮く白き桜の美しと飽かず眺めつ体冷ゆるまで

立浪草梅の根方に咲きいでて小花なれども紫のよし

色うすくピンクの朝顔道端に小さく咲ける今日より霜月

考へ事暗き方向に到る時未央柳の黄の優し

冬の陽を集め咲きつぐ磯蘭は賜はりしものぞ風よ触るるな

寒戻る朝庭に尾長二羽遊び椿の蜜を交替に吸ふ

初雪の降り積むさまを窓越しに眺め楽しみ心は足らふ

目あたらしき茶花と庭を巡りゆき花筏の新芽出揃ふにあふ

豊後梅のほの紅く咲く庭に佇ちこの老木にさへ妬心を抱く

とがりたる椿の新芽ぞくぞくと伸び立つ庭の夕暮長し

程のよき湿りにドクダミ繁りたり十字の花の爽やかな白

半夏生乳白色に三枚の葉は変はりつつ雨に息づく

はかなさと華やかさあはせ含みたる一日花の甘草の咲く

啄木も聞きし響か石狩川遠くポプラを置きて流るる

川岸の荒草洗ひ牛朱別川（うしゅべつがわ）の濁流石狩に流れ込むさま

かしげたる傘の内まで舞ひこみて雪は心のすきまにも降る

雪明り惜しみて雨戸たて難しばし座りて景に見入りぬ

十日経て尚庭先の雪解けずシャベルに掬ひ木の根に運ぶ

大方の雪解け失せし庭中の植木ひそかに伸びる音する

窓近くみんみん蟬の急に鳴き吾に仕事のきつかけ与ふ

若き娘に茶道を教へるあけくれよ今日は玄関に靴のぬぎ方

茶汁にて半年漬けし炉の灰を一掬ひづつふるひにかけぬ

利休所持の古備前の壺に一輪の白たま椿いけられてあり

如月は椿の挿木によしと聞き利休侘助を五本ほどさす

立鼓（りゅうご）の黄瀬戸の壺によく似合ふ貝母の淡き控へ目の白

折からの疾風に花びら散りもせず梅ま盛りにいのち輝く

牧水の歌碑見むと坂を下りきつつ宿の下駄つつかけ雪舞ふ朝を

午前二時茶事せむとわが起き出でてこの緊迫感は茶に得たるもの

中立し席改めむと床の間に宗旦木槿の一輪を生く

蹲踞に水を満たして迎へつけし客の笑顔の清しさに足る

茶事すみて客見送りし露地の石夏の日差に忽ち乾く

枝先にはつかに残る白萩の散るを見届け根本より刈る

危なつかしき吾の料理をほめくれし嫁ぎきし頃の舅の優しさ

半年を舅の話題はさけて来て語るとしつつ姑と涙す

鞍馬山の冠雪のあとなまなまと直に迫りて夕ぐるる町

積る紅葉を少し湿らせ時雨すぎし風情を友と惜しみつつゆく

さつき咲く傍に洗ひし炭を干し初風炉の準備大方終る

とりどりの若葉整ひ全山の萌え立つ息吹に吾も包まる

第五章　ライン川渡り

一九八九年（平成元年）～一九九八年（平成十年）

別れがたきカップルいくつ夕暮るる常磐公園に夏惜しみをり

低く高く噴水の飛沫にひとときの涼をもらひて公園を去る

やちだもの梢を仰ぎわが佇つは北緯四十三度四十六分の地

重き荷のばん馬障害越えられず走れぬさまに競ふを忘る

大鍋ゆ利尻昆布をあげし時崩御の知らせ箸を置きたり

統治者より象徴と変はり民の為生きし八十七年激動越えて

新しき年明け雨の降り止まず陛下の崩御天も地も泣く

七草粥食みて昭和の代も終り慌しき中新陛下誕生

若葉みなそれぞれ異なる匂ひ持つとり分けゐぐき匂ひは椎の木

万緑のまつただ中に身を置きて園にしばらく青葉と話す

名も寂し暮坂峠と詠み賜ひし大人偲びつつ峠をくだる

牧水の歌をいく度口遊み立ち去り難し暮坂峠よ

葛の葉を揺るがす程の風の来て真昼を一人露天湯に浸る

わが庭の空気動かぬ朝まだきを木犀の香のしるく漂ふ

萩の花を鹿名草とふ呼び名あるを茶席の会記に初めて知りぬ

突き出でし岩に万丈の飛沫あげ波たゆるなき五浦海岸

海岸の松林一帯に丈低き浜菊咲けり潮騒の中に

幼き日に習ひ覚へし大方の童謡雨情の作と知りたる

粉雪の舞ふ露天湯に三姉妹揃ひて父母に触れ牧水に触るる

雪被く水沢山は凛として雪のとぎれし間に現る

村はづれの墓地の竹筒花溢れ賑はふ彼岸われも香たく

関はりし肉親の死を思ひつつ香炷く矢先に鶯のなく

わが庭の椿の祭典とほこりたし卜伴・永楽・神楽揃ひて

乾きたる炭仕舞はむと持つ籠に散りゐしさつきの紅き花弁

風邪いぇぬ身には堪へ得ぬワイキキの渚に寄せる荒き波音

珊瑚礁の海どこ迄も濃きブルー落日あとの渚を歩む

ワイキキの真夜の渚を青き月仰ぎて友と別れを惜しむ

赤茶けた岩山の間に銀色に毬藻の如き銀茎草咲く

ジャカランダーの花咲く路を上りつめ草はむ放牧の群に出合ひぬ

ハワイすべての花の豊かに咲き揃ふ季に出合ひし喜びに酔ふ

庭中の草木息づく音かとも台風近づく雨のたたきぶり

台風の過ぎたる朝門先の芙蓉は初花白く開きぬ

カメハメハ王の最後の戦場跡突端は風の渦巻く所

エメラルドグリーンに澄みし海底に一人の世界を持ちたきものよ

戸袋にはさみしヤモリの殺生を寝につかむ時又気にかかる

セーターに萩の花殻つけて来し宅配の人にも秋は深まる

鉄線に添はせ植ゑたるミニトマト最後の一つの色づくを待つ

吹く風に微動だにせぬ桜花咲き極まるを悲しく仰ぐ

とめどなく散る花びらの中に佇ち心素直に人を恋ひをり

体内の毒消すとふを聞きてより好まざる山椒努めて食す

整理するといふは物をば棄つる事と気のつく迄に時間はいらず

九十の君の手に成る刺子布巾今日より吾の宝と為さむ

ふき降りの雨にたたかれ欅葉はわがゆく舗道を枯色に染む

前庭をけづる新居に幻の芭蕉の葉ずれ耳底に聞く

わが庭の辺りは通りと変貌す大型の車徐行して過ぐ

せんだんの繁みか芭蕉の広き葉か涼風生るるをしきりに恋ふる

新しき家に体の馴染まずに初めて北窓を大きく開ける

キッチンの窓に飾りしイエライシャン妖しく甘く匂ふ夜の更け

亡き姑の育てし椿一休を切りて茶会の床に飾りぬ

筒状のま白き椿ひらきかけいよいよ茶会も終盤に入る

月山の雪解水は音たてて流れゆくなり最上川へと

橅林の芽吹きは優しやはやはと陽光を吸ひてうす紅を帯ぶ

いたや楓につる桔梗一花添へてあり君の玄関心静まる

訪れる事はなからむロシアの国の上空を飛ぶ雪渓の上を

橡の木の並木は白き花ざかりロンドンの空夏雲の浮く

プラタナスのふりし並木もロンドン塔の赤き居城も暮色の中に

煉瓦造り窓枠のみが白く描かれテラスハウスの続く街並

雨しげきテームズ川は霞みをり大小の船岸辺に寄りて

雲の浮くその影黒く地に落ちしモザイクの如きイタリアの街

バターカップ咲き盛る丘のぼりつめローテンブルクのゴシック建築

日本の建国以前にこれ程の文化はありぬポンペイの街

二千年前の城跡そのままにローマの文化を今に伝へて

低地帯にジプシー部落まのあたり風にはためく濯ぎ物見ゆ

麦畑と葡萄畑と目の限り整然と続く気の遠くなる程

古城街道ひたゆく車窓に次々と栄枯盛衰の歴史にふるる

ネッカー川に護岸工事の一つなし自然の営み大切に守る

とりどりのライラックの花咲き溢れ風薫るここローテンブルク

十七階のテラスに見下ろすミュンヘンのシティは花と緑美し

ライン川渡りスイスに入りたり丘に展ける童画の世界

憧れのアルプスの山山天を突く浅黄の空に純白の山

天空に聳ゆるアイガー北壁を身をのり出して目前に仰ぐ

朝市に老いも若きも集ひ寄る活気あふるるベルンの朝市

フランスの山脈のもと現れしレマン湖かすむもやのかかりて

出窓にて養ひ育てしシップラン茎ややそりて花咲く構へ

笹の葉を褥にひつそり春蘭は淡きみどりに咲き出だしたり

広大な宮殿の庭を散策するマリー・アントワネットに思ひふくらむ

パリジャンと吾も肩並べシャンゼリゼすずかけ並木を風受けてゆく

心こめ為したる仕事の結末は人に羨望の思ひのみ残す

杉木立のはだら陽受けてかたくりは斜面一帯にはなびら開く

源氏池にさくらの枝のゆれ止まず水面も共に瞬時の華やぎ

アカシアのみどり広がる大樹の辺しばし青葉の息づきを聞く

万端の用意整ひ床の間の結び柳の長さに見ほるる

座箒に躙り口より座を清めいよいよ小間に客を通さむ

しつとりと水を打ちたる露地をゆく初釜の客を迎へんとして

うす暗き小間に炭火のおこりつつ幽玄の世界に主客よりあふ

亡き舅の好みし紅梅咲きいでぬ仏間の障子を広く開けたり

まさか雪がと訝り見上ぐる高みよりニセアカシアの小花舞ふ夕

七月に刈りたるあとに茎伸びしカンナ咲きをり霜月の尽

唐崎松の雪吊りすみて真新しき縄が金沢の風に揺れをり

間瀬の浜へだてて佐渡は横たはる雪ふる海に絶え間なき波

まつ白き霧に閉ざさる亀山の展望台に水平線をひく

石灰質の屛風ケ浦を背に立てりにごりし太平洋の波と磯の香

波頭白く砕けて打ち寄する波にリズムのあるを知りたり

潮風としめりを常に与へられ浜ゑんどうの紫冴ゆる

雪の降る日紅葉舞ふ日を描きつつ雪舟の手になる庭に見入りぬ

瑠璃光寺の五十の塔の側に立つ牧水の歌碑に胸のたかなる

洗ひたる茶炭が乾きて音たつる晩秋の陽ざしに吾も身を置く

てのひらに輝く石榴の実をのせてルビーにも似たる美に捉はるる

うねりくる波を捉へてサーファーはボードと共に華のごと散る

平凡を非凡に変へて降る雪に心騒だつ押さへやうなし

亡き姑の仕立て替へたる和服着て思ひ出深き茶房に入る

咲き終へて茶色になりし白玉を丁寧につむ春の陽の中

第六章　息づく扇面

一九九九年（平成十一年）～二〇〇五年（平成十七年）

一点をみつめて表情動かさぬファッションモデルの美の下の寂

雲の切れ間中秋の月を願ひ待つこのときめきは初恋に似る

ひそやかに秋は来にけり庭隅にむらさき淡あは野菊咲きいづ

汐止めて倉敷川に鯉を住まはせ街の景観今の世に栄ゆ

なまこ壁手入れの届く道を来て橋上にしばし暮色楽しむ

唐楓の紅き二三を拾ひ来て短歌ノートに思ひ出はさむ

比翼なる入母屋造りの吉備神社土台の傾斜にまなこをこらす

伝説の桃の流れ来しささがせ川水浅かるに今橋を渡る

高梁川に沿ひひたすらに走り来て吉備路の起点総社市に佇つ

番なる目白せはしく蜜を吸ふ満開の梅を二三散らして

咲き満てる梅に一羽の鵯が花芯をあらくつつくを止めず

家元を正客に迎へ一服の薄茶を点てむと袱紗をさばく

わが茶会待たで咲きたる本阿弥の椿の前に力抜けゆく

白竹に檀香梅と本阿弥の茶花をいけて心も落ち着く

牧水の小さき扇面寄付きにかけて五月の茶会始まる

牧水も父春翠も五十年後茶席に息づく扇面とは知らず

どくだみの白点々と咲き揃ひ線路光りて花浮きたたす

両岸の芽ぶきの色を映しつつ若葉色して川は流るる

とりどりの若葉の色を見下ろして弥彦山頂に鶯を聞く

朝露を含む木槿の一輪を筒舟にいけ馳走となせり

熱田神宮楠の匂ひこもりゐて玉砂利の音に身のひきしまる

濯ぎもの電車の窓にふれむばかり親しみのわく都電沿線

撫の木の梢色付くを前景にローゼンボーは青さびて立つ

足の部分補修なしたる人魚の像北緯八十七度北海を背に

ハマナスの生垣今が見頃にて茶花に欲しき思ひにからる

夜七時燦さんと陽ざし受け乍ら古都オーデンセの石畳ゆく

春夏秋の花を一どきに楽しませ長き冬への華やぎを見す

干からびし栃の落葉の吹かるるを初冬の音と目を閉ぢて聴く

蓼の花野菊の淡き紫と残りの花に時を惜しめり

黒竹の陰に春蘭一つ咲くを見出でし喜びにひと日昂る

枯れてしまふ懸念を抱き朝夕に梅の根廻りの土ほぐしやる

夜来の雨新緑輝く水上の川面は岩燕あまた飛び交ふ

露天湯の岩の間ゆのぞきたる流れ烈しき利根の源流

ひゅるひゅるどーん夜空にぱっと花開く五色の花火に思ひを託す

名に高き毛越寺の歴史にふれながら浄土庭園の広きを歩む

曲水の宴を今も再現す遣水の流れに吾が影うつす

秋保とふ呼び名を知りぬ山高き宿に忙中の身をばいとほしむ

霜柱庭に根付きて花つけぬ一枝切るを二日ためらふ

名も知らぬ路傍の小草春の日を浴びて濁らぬ黄の花咲かす

枯れ草の中に開きし一本の寒芍薬のしぶき紫

アカシアのさみどり朝日に輝ける樹下に生気を全身に受く

萱草の咲きし喜び彿前の姑にも分けて浮き立つ一日

萎みたる萱草の花をつみ取りて明日の開花にわが運託す

思草の呼び名に知らるる南蛮煙管三寸ほどの花の愛しさ

全世界を震撼せしめし無差別テロビルの崩壊脳裏を去らず

垂直にビルの崩壊するさまを画面に幾度夜を眠れず

無差別のテロ等ゆるされまじきこと多くの命を巻きぞへにして

口に筆銜へて描きし詩画展声あげ読みて涙溢れ来

頸髄の損傷手足の不自由さを乗りこえし君の露草の花

目に涙滲ませ出で来し詩画館一望に拡がる草木の湖の藍

厳寒の狭庭に咲ける侘助と八つ手の白に身はひきしまる

朝光を徐じよに捉へて花びらをほぐしゆく萱草の神秘見守る

海水と真水の混じる水中にマングローブは豊かに繁る

仲間川のヒルギの群落果てしなく川面に黒き種浮びゐつ

板状の根つ子は何枚もたてかけし屛風にも似るサキシマスオウ

時折に櫂の飛沫をあびながら石せめぎ合ふ保津川下る

栃の葉のなべて散りたる枝のみの厳しき冬の空は拡がる

打水に湿りし露地に蹲ひて客を迎ふる黙礼のみに

うす暗き茶室に炭のみ赤くおき幽玄の世界に誘はれゆく

日照り雪やさしくふはふは舞ひくるをしばし眺めて侘助をきる

三年前夫看取りし日び通ひたる道に今年もつつじ咲きをり

ふるへつつ花弁を開く萱草の爽やかな色に心を洗ふ

大いなる円かな月が昇りきて芒と萩と吾を照らしぬ

屋根につむ初雪解け出し千両にひねもす雫のはね返りをり

飲みかけの梅抹茶の売店みつけたり家苞に一箱夫に供へぬ

好きだつた甘酒共に飲みながら歩みし梅林あの日恋しき

朝明けの中天馬に似たる雲春一番に北に流れぬ

やや強き雨の中ゆく友どちとひと時の花見楽しまむとす

とりどりのチューリップ満開公園は老いも若きも春の日の下

大切な君逝かしめて二百日未だに机上の本はそのまま

川沿ひの桜は五分咲き亡き人の好みし道をひとりで歩む

第七章　ほとばしる命

二〇〇六年（平成十八年）～二〇一八年（平成三十年）

「創作」の一月号の届かずば幕引き初めて実感となる

枝つめし梅の古木に雪の積む絵の如き景に時を忘るる

「創作」の終刊と共に一生を終へし成松さんとの多き思ひ出

交差する桜の枝の背景に真青の伊豆の海の広がる

春一番啓蟄の日に吹き荒れて虫も地上に出るを躊躇ふ

ところどころ雪洞灯す如淡く桜は連山の中に今咲く

大切な人失ひし寂しさをひきずり生きて二年をすごす

蕎麦の白麦の黄色と紫のラベンダー続く丘を見上ぐる

道北のさくらんぼ狩り実現す待ちこがれたる喜びを姉と

旭川ゆ日本海に向け走りゆく妹背の田園はてしなく青

目前に佐渡よこたはり夕焼けは雲の端染めて一日の終り

刈萱と淡き野紺菊、秋明菊と晩秋の野の花軽くいけたり

霜降りの朝を静かな雨の音茶会終へたる安堵の中に

鈴懸の広葉重なり散る小道歩めば秋のかすかなる音

仄かなる匂ひに惹かれ十字路を右に曲ればつくばね空木

花簪まつ赤に燃やし曼珠沙華一面の丘に亡夫を恋ひをり

はき寄せたる落葉が下に水仙の芽立ち見出し心の弾む

枯葉舞ふ舗道に冬の足音を確かめながら衿元合はす

無常感深く心に刻みゆく欅落葉の舞ひ上がる道を

八つ手の花ひつそり咲きて飛び石にみじん粉の如き花粉を落す

橅樹林すかして見ゆる一碧湖ピンクのスワン童画の如し

枯れたると思ひし欅新芽吹き明るく生きる弾みをもらふ

永楽の牡丹の茶碗に一服の朝茶に吾の思ひふくらむ

鈴蘭を思はする小房黄の冴えて裏庭に咲く岩南天は

田植茱萸口にふくめば幼日が甦りくる長屋門の影

みかん色の萱草今朝開きたり花芯に一匹の蟻遊ばせて

牧水の歌に詠まれし水恋鳥を今朝赤沢の宿にてききぬ

ツツツツツーツツツツーと水恋鳥の声を捉へて身じろがずをり

朴の花藤の花盛りの赤沢の里に牧水の歌碑　除幕さる

大雨の福井大会に手折り来し蔓荊(はまごう)根つきむらさきに咲く

喜志子師の好みたる花蔓莉の上品な淡きむらさき愛し

百日紅今尚塀の上に咲くふりしぼる力吾に与へて

平等院の全景にしばし時忘れ西方浄土の世界は安し

吹き寄する落葉の音に君偲び恋しき思ひ募りくる道

天空より幾筋瀑なし落下する袋田の滝に真向かひて立つ

鵜の岬の先端にありしテトラポッドに砕け散る波高く大きく

憧れの千曲川今目前に藤村の詩をひくく口遊む

聞きなれぬ駅名目に追ひ遠のぞむ山のいづれか姥すて山は

外灯の光及ばぬ早苗田ゆ湧きくる如き蛙の声は

白濁緑常に火山ガスの噴煙の火口をのぞく神宿るとふ

名に高き水前寺公園の長寿の水喉をうるほす両手に受けて

阿蘇山の外輪山のひとところ涅槃像とふ山を望みぬ

九重の夢の吊橋ところどころ霧の晴れ間ゆ滝を望みぬ

高さ長さ日本一とふ吊橋を渡り終へたり霧深くなる

夜来の雨あがりて柳の枝先の輝く白玉にしばし見入りぬ

山脈を従へ朱の西空に黒富士は立つ姿気だかし

散りつもる侘助の花の純白にしばし躊躇ふはき寄すことを

うす紅に咲き出で輝く豊後梅朝戸あければ目前に香る

伊豆の山所どころに山桜白く浮き出で空は浅黄色

生と死の命のはざまにつき添へる家族を思ふ夜明けのサイレン

うつすらと靄のかかりし朝空に少し歪みし太陽うかぶ

ウォーキング終へて朝の庭に咲く甘草の色にしばし無となる

先ゆきの見えぬ世に生きひたすらに花の命にむき合ふ喜び

半年を茶汁に漬けし風炉灰をほしたる上に山吹の散る

枝炭に似たる御骨を拾ひあげせつなし悲し無常かみしむ

「二人だけの宝物よ」と孫の言ふ雲の切れ間に月出でし時

「お団子とすすきにお待ちどおさま」とお話ししたかと会話は続く

望月の澄みたる色とまみえしを孫の言葉に詩心ふき出す

八十路すぎ鎖骨折りたる姉の身の不自由さ想ふ街をゆく時

朝焼けの色は川面にうつされて吐く息白くひたすら歩く

身の巡り整頓せねばと手につかず命の限りを先のばしをり

落葉松と白樺の林通りすぎけぶり立つ浅間をまのあたりにす

八ッ場ダムの橋の工事を横にみて村の運命の展開思ふ

一斉に川面に着水首あげて泳ぐ川鵜の姿に見とれ

暮れなづむ川面のさざなみ崩れつつ鹿島灘へと向かひ流るる

千鳥ヶ淵の桜全開くもの中ゆくゆく思ひなり桜さくら

川幅の全面散花に覆はれてさくら楽しみし七日を終る

流れゆく川面はまさに花筏ゆるく形を変へてすぎゆく

引き潮の川面は花びら帯をなし片側に寄せられ夕しぐるる

とどろとどろ波打ち寄せる荒磯の飛沫にしばし気力をもらふ

牧水と亡き父宿りし暁鶏館にとみ子師との縁は深む

西明浦の波打ち歩道に笛を吹く人ありしばし佇みて聞く

石垣の一面びつしりはびこりて浜昼顔咲く優しき色に

田植茱萸茶席の呼び名は鶯神社わが狭庭辺に七八つ実る

河口湖の巡りの山やま雲の影幾重につづく山襞に落す

炎熱の夏もすぎゆき草群にすだく虫の音に心を澄ます

天めざし百日紅は燃えて咲く吾も競ひて心ふるはす

命あらば八十七歳となる夫に今の生活を深く感謝す

長尾トンネル抜ければ右手冠雪の富士のけだかき姿を仰ぐ

日照り雪こんな現象まのあたり両手に雪を受けて燥ぎぬ

朝靄に白く川面は覆はれて時折川鵜の水もぐる音

裸木の桜並木の間に咲く冬ざくら愛し艶めきてみゆ

冬至より一月経ちぬ日足のび寒芍薬は白く咲きそむ

テーブルの下にしばらく潜り込み携帯片手に地震に耐ふる

津波十メートル家を畑を魔物のごと呑み込む映像目の当りにす

逃げまどふ人影忽ちのみこみて津波は家屋も一気にさらふ

戦時下の灯火管制思ひ出すまつ暗闇の中におびゆる

被災地を思へば一刻の停電などやさしきことよ暗闇の炎

身の巡り癌の患者の多くして気持重たき青葉の季節

六月十八日見舞にゆきし翌日を弟の訃報きく力の抜けり

流れゆるき川面に緑蔭うつりゐて時折緋鯉の向きを変へたり

たたなはる山脈の間に霧の湧き声のかけたき君なき悲しさ

尼巌（あまかざり）、奇妙の山の間より登る日拝み大事に生きむ

枝打ちをされたる杉の樹下陰たをやかに咲く群生の升麻

藤袴野菊の茎を刈り取りて燃やせば仄かな香り漂ふ

危惧してきし事がうつつとなりて今あはれこの身は半身麻痺

一歩一歩確かめ歩むリハビリの歩道林が頼りの生活

麻痺したる左手重くこの夜更け腕を探してしばし時経つ

夜の更けをナースコールにきびきびと働く看護師の世界を知りぬ

和服きて茶道の指導に出かけるを夢みて今日もリハビリに励む

麻痺したる足に体重かけ歩む唯むずかしく歯をくひしばる

繋がりし命と思へば焦らずに感謝の日々を送らむとす

あと何年吾に命の続くやら歌集出版の夢を果さむ

時かけて歌集出版の夢に向かふ亡夫との約束果さむが為

太陽に月がすつぽり呑みこまれ金環日食リング鮮やか

僅かづつ雲の動きて金環の天体ショーを肉眼に見る

左手に下褄持ちて和服着る夢に目覚めぬ正夢であれ

自転車に「乗れた」「漕いだ」は今朝の夢、夢に向かひてひたすら歩く

筋肉の衰へ防がむが為杖つき歩む夕光の中を

葛の葉の重なり繁るその葉蔭に花をみ出し喜びにひたる

忽ちに吾の憩ひし葛の原草刈機響かせなぎ倒さるる

次ぎつぎと湧き出づるごと降る雪を窓辺によりて確かめ眺む

「ドスンドスン」落雪の音頻りなり一人居の吾を励ますやうに

泡立草の霜枯れの原つぱ北の吹く夕暮杖をつきひたすら歩く

犬ふぐり、たんぽぽ土筆と出揃ひし春に明るく包まれ歩む

浅黄色の空にぽかぽか浮く雲に腰をのばしてわが夢託す

初春の茶会に「神」の一文字をかけて豊かに客を迎へぬ

天空の茶会を開くとふ夢を成し遂げし大人称へて止まず

左肩がぐつと下つてゐる姿写し出されて心の沈む

どくだみの花まつ盛り純白の原一面は夕をひきのばす

人の手を借りねば生きられぬもどかしさ打ち払ひ打ち払ひ生きてゆくべし

わがゆく手風雨に打たれし一叢の荻にふさがれ遠廻りす

風吹く度はらはら梅の葉の散れる中に身を置き一生を思ふ

一羽乱さず北を目ざして頭上ゆく雁の線美にみとれ息飲む

生と死の狭間に漂ひしわが命気付けば二人の娘の笑顔

人の善意すなをに受けとめ八十路坂緩やかに吾はのぼりゆくなり

北の海深海生物水揚げされ「竜宮」の使者振袖魚とや

三人の娘に守られてわが命今日も元気に朝を迎へぬ

縋るもの求め空に延び競ふ葛の蔓先にわが身重ねる

たんぽぽつばな春色溢るる原つぱの造成さるるも遠くに非ず

娘の席主初めてつとめる不安さを秘めつつ明日の木槿を切りぬ

ふるさとに卒寿の姉の一人住む事を誇りに未だに頼る

「チチロチチ」確かに草生に声のあり野面を渡る風は北風

東方の垣の上に咲く白芙蓉に向かひてしばし花と対話す

植ゑつけの済みし青田に近よれば蛙の声のハタと止みたり

異国の青き朝顔古き家おほひかくしていきいきと咲く

山里にこんもり白きふとん着せ秋山郷の湯は雪の中

新緑の合ひ間に淡あは山桜静かに己の存在示す

八つ手葉の新芽茎よりのび立ちて葉表をみせ陽ざしを反す

天空をつきさし徐じよにほぐれきし紫木蓮に歩みをとどむ

孫「津三子」のエスコートに歩みきて春陽うららか今日は五千歩

加工せる白塗り花材水の中に黄色の小花つけし驚き

墓参終へ思ひ叶ひてふり返る墓原幼き黄鳥の声

ジャスミンの香りに誘はれ歩をすすめジャスミンの垣根に漸くゆきつく

つややかな椿の新芽出揃ひて生きる力を吾はもらひぬ

花韮のうすき藤色風にゆれ今朝の散歩のいたく楽しく

つばな抜き畦かけめぐりし幼日のよみがへりくるつばなの穂波

鈴なりの青き毬栗目のあたりしのびよる秋にわが身つつまる

翠色の小さき角芽葉を開き欅の鉢植ゑほとばしる命

花ぐもる空とさくらが重なりて海老川の景船橋のほこり

道のすき間に命つなげ咲く黄色に輝くたんぽぽの花

外来のポピーと言へどオレンヂの風のなびきにしばし憩ひぬ

希ひたるさくらの下に佇みて思ひふくらみ涙わきくる

枝先を川面すれすれ枝垂れ咲き海老川に沿ひさくら満開

満開のさくらの下を歩みつつ至福の至り空花ぐもり

人の情け花見の道によせられて老いたる事も爽やかにして

娘と孫と三人で歩む海老川の花見うれしく時よとどまれ

花びらの一枚いちまいほぐれきて花芯あざやか茶席の牡丹

亡き夫の手に成る湯吞み朝なあさな両手につつみ朝茶いただく

大島の旅の記念にと求め来し羽衣とふ椿垣こえて咲く

花に酔ひ香りに酔ひて道すがら会ひたき君の面影を追ふ

初孫

「宏基だよ」帯広からの声届く自ずと笑顔に吾はなりゆく

いつ知らず八つ手の青き実喰ひつぶされて今朝も小鳥は餌を求めて

自由自在につばなはゆれて一面の野原に五月の風のすぎゆく

吾が座る椅子を背当てを用意され待ちくるる姉のぬくもりにつつまる

一月十日終る命の繋がりてこれから先は焦らず生きむ

理学士と杖つき歩むリハビリ歩道ほろほろ花びら散るをうけつつ

左半身麻痺とふ身となり世をせまく生きたくはなしと心に誓ふ

脳出血に一命とりとめし一月十日そして七月八日吾に二回の誕生日あり

毎日(ひび)三千歩の歩みを目標とせぬ背筋のばして杖つき歩む

「頑張りますね」すれ違う人に声かけられてはにかむ笑みで言葉にならず

脳出血に倒れ二年を生きのびて許されし命かしこみくらす

塀の上に伸び立ち芙蓉のま白きが吾の心を清しくさせぬ

いち早く香りをききて二分咲きの梅に番の鶫のをり

大方の枝伐りつめられし紅梅はただ一輪の命を開く

悲しみを笑ひに紛らし夫の死を信じたくなき三月がすぎる

みかん色の東雲の空に三角の屋根の影続く景に安堵す

ぷかぷかと小粒の柚子の浮かぶ湯に伝統守るひとり楽しむ

吹き寄せし落葉舗道に舞ひ上がる音にせかされ暮の街ゆく

ジャスミンの残り香淡くただよひて根方に小判草揺れやまざりき

小判草風に揺れつつ波うつかに音はせぬかと耳を傾く

解説

「雨上がりの庭」で世界を呼吸する人
――髙屋敏子歌集『息づく庭』に寄せて

鈴木比佐雄

1

髙屋敏子氏は一九三一年に千葉県香取郡常磐村に生まれ、今は船橋市に暮らす歌人であり、また茶道家や華道家でもある。髙屋氏の短歌は、そんな茶道と華道の美意識や精神性が入り込み、短歌のテーマや調べと混然一体化していて、とても興味深い世界が立ち現れてくる。けれどもその髙屋氏の三つの領域を跨っていく精神性の根底には、自然の刻々と移り変わる生き生きとした世界の在りように感動して、それを表現したいという自然観が存在している。

髙屋氏の二十歳代初めの短歌を読むと、すでに完成された短歌の調べが自然に詠われていて、技巧を感じさせない内面から湧き上がってくる天性の歌人であると思われる。たぶん幼少のころから短歌と身近に接していて、その調べが心身に沁み込んでいるかのように想像される。髙屋氏の父は細野春翠（本名は細野憲司）という歌人であり、小学校の校長を務めた教育者でもあった。父の名は若山牧水の主宰した「創作」などの研究者や牧水の愛読者であればたぶん気付くであろう。牧水の愛弟子であり、数々の牧水の旅に同行し代表作となった多くの歌を詠む現場で傍らにいた人物だった。銚子への旅は牧水に同行し暁鶏館に二人で投宿し、その際にその後に銚子で歌碑となった短歌が作られた。また酒を愛した牧水から、春翠は時々酒席に誘われたようで、春翠が校長を務めていた多古町にも訪れたこともあり、弟子の中でも特に親しかった一人であった。そんな春翠の三女である髙屋氏は、母の新堀サダ子（本名は細野サダ）も歌人であり、父母から牧水の歌やその人物像を日常的に伝えられた家庭に育ったと言えるだろう。

父の春翠は牧水の亡き後に歌集『自然の息』を昭和六年に刊行し、生涯牧水の顕彰に努めたと聞いている。二〇一三年に刊行された「創作」百巻記念号（若山聚一編集・発行）の中に十首収録されている。その中の三首と、その前に牧水の代表的な一首を引用してみる。

われ歌をうたへりけふも故わかぬかなしみどもにうち追はれつつ　　牧水

吾子よ吾子何處に坐りて父は待てり心安けく摘めよ茅花を　　春翠
うたはずばうたはずばとふ一筋のはれる力の君に見えたる

風落ちしこのたまゆらの静かさよ崖の糸萩ながくたれをり

牧水の短歌と「うたはずば」の春翠の短歌は、短歌を詠わなければならない牧水の「かなしみども」に呼応しているように思われる。二人の海に寄せる短歌も類縁性が感じられて春翠が牧水に強く影響を受けていたことが分かる。また春翠の他の短歌では、我が子を慈しみ花を愛する子に育って欲しいと願い、真剣に短歌の創作に向き合い、内面の「一筋のはれる力」や「たまゆらの静かさ」を探究していた純粋な歌人であったことが理解できる。またそこに生かされている命を汲み取ろうとする精神性も感ずることができる。髙屋氏の中にそんな父の春翠と牧水の中で特に自然詠の短歌の調べが手渡されて、身体の中に流れているのかも知れないと私は想像してしまう。

2

髙屋敏子氏の短歌は一九五一年から、牧水の創刊した「創作」への寄稿が始まり、現在まで七十年近く続けられている。髙屋氏は少なくとも毎年一〇〇首程は作っていることもあり、約七千首もの短歌が存在していることになる。それらの中から歌集『息づく庭』には六〇〇首以上が収録された。心に刻まれる短歌を紹介していきたい。
第一章「父の植ゑたる芙蓉」の冒頭の一首を挙げてみる。

いつしかに雷の音遠ざかり夕べあかるきなないろの虹

高屋氏の短歌の特徴は、例えば初めの一首だけを読んでも気付くことなのだが、リアリズムで自然を見詰めているように思われるが、実際はどこか高速で自然の変化の時間を凝縮して編集したような気がする。カメラアングルは一視点ではなく複数のカメラアングルで撮られている。まず雷の光を見ていてだんだん「雷の音」が遠ざかり、夕空が晴れて明るくなり、「なないろの虹」が現れてくる。その何時間かを凝縮するとこのような短歌となるのだろう。しかし出だしの「いつしかに」という時間が経過した言葉に促されているので、この雷音の音響効果と雨空から晴れた夕空に虹が見えてくる映像が、自然に私たちの心に現れてくるのだ。きっと高屋氏は見たままを記すのではなく、自然の変化から引き起こされた感動を再現するために、短歌という三十一音の凝縮し記憶される音数律を必要としていたのだろう。数時間前から今ここに至る感動を表現するために、凝縮した出来事の時間のエッセンスを短歌の調べに転化していく手法と言えるのだろう。二首目と三首目を挙げてみたい。

やみて降り降りてまた止む細き雨せんだんの葉のぬれて光れる
鳴ききそふ蟬の鳴く音のつとやみて一むらの雨涼しくすぎぬ

高屋氏は、「雨の歌人」と言いたくなるほど、雨に対する親近感や雨に寄せる繊細な感受性が際立っている。二首目の「やみて降り降りてまた止む細き雨」と上句の五七五に雨音が絶妙に表現されている。下句の「せんだんの葉のぬれて光れる」では、雨がせんだんの葉を滴らせて命の輝きを光らせる情景を展開させている。つまり雨が生あるものの源であり、この世界にあり続ける祝福であるかのように感受することなのだろう。

このように冒頭の三首を読んだだけでも高屋氏の短歌の調べの完成度の高さは感じられる。次に父に寄せる二首を挙げてみる。

今は亡き父の植ゑたる一叢の芒のかげに芙蓉咲きたり
父の歌しづかに読みて寂しかり今宵の我は望み大きく

これらの父への二首を読むと、髙屋氏が成人する頃には、父は亡くなっており、父の存在を「父の植ゑたる芙蓉」に強く感じている。また父の不在を寂しく思う時には、「父の歌」を読み、父からの大志や勇気などを受け取ることに転化させてきたようだ。父の春翠やその師である牧水も不在であるからこそ、髙屋氏は二人の短歌の精神と内なる対話をしながら自らの短歌を詠い続けてきたように感じられる。

3

第二章「雨上がる庭」では、「若葉打つ雨音さやかに聞え来て吾の怒りも静まれる夜」などを読むと、雨音が怒りなどの生の感情を冷静にさせる働きがあることを記している。「雨上がる庭を隣家の猫すぎて雀飛び立ちぼけに移れり」などを読むと、髙屋氏の短歌のテーマは、リアルタイムで目前で起こっている「雨上がる庭」を巡る短歌であるように感じられてくる。

第三章「はぢらひの花言葉」では、「はぢらひの花言葉あり下向きて十数本のシクラメン咲く」というような人びとが花の存在に託した想いを再発見し、そのひたむきさに生きる力を得ている。

第四章「息づく庭」では、「半夏生乳白色に三枚の葉は変はりつつ雨に息づく」のような庭植物名を入れてその目撃した姿を再現した短歌集は類例がないのではないかと思われた。

第五章「ライン川渡り」では、「ライン川渡りスイスに入りたり丘に展ける童画の世界」など、ヨーロッパなどの海外や沖縄などの国内の旅の短歌も多くあり、牧水にならってその場所への一期一会の思いを記している。「出窓にて養ひ育てしシップラン茎ややそりて花咲く構へ」などのように旅先の暮らしの美意識を記している。

第六章「息づく扇面」では、「牧水も父春翠も五十年後茶席に息づく扇面とは知らず」のように茶会で牧水と春翠の短歌が書かれた扇面を活用し、二人を偲ぶと同時に他の茶人に二人の短歌の心をさりげなく伝えている。

第七章「ほとばしる命」では、「翠色の小さき角芽葉を開き欅の鉢植ゑほとばしる命」などの短歌を読むと、現在体調を崩されてリハビリに励んでいる髙屋氏が「小さき角芽」から豊かな命のほとばしりを想像して生きようとしていることが分かる。そんな「息づく庭」を心身そのものと化している髙屋氏の短歌は、この世界を豊かにさせる多様な視線に満ちていて、深呼吸をするように本来的な自然感覚を取り戻させてくれる新鮮さに満ちている。そんなしなやかに生きる髙屋氏はこれからも「雨上がりの庭」に佇み、多くの短歌を詠み続けていくだろう。

自然と共に生きて——あとがきに代えて

九十歳ま近くて、なおふるさとが恋しい。まだ故郷には百歳近き姉が大きな農家造りの家屋敷を守っていて元気ゆえ、いつでも姪や娘の運転で訪れることが出来る。もちろん早く世を去った父母の墓参りも出来る。そして拡がる田園、谷津田を流れる栗山川、幼き日川でしじみ取りをしたこと等思い出はつきないが、反面吾を知る人がほとんど亡くなっての寂しさもある。

私の作歌の根底には常に田園風景があり、その中から五七五七七のリズムが生まれてくる。そして若山牧水の創作社の平明清澄の社風にそっている事に気付く。

老いは痛く嫌なものと、モラリストの河盛好蔵の人生の指南書を読んだ。その中で幸福な人間とは、自分の人生の終りを始めにつなぐことの出来る人の事だと読みながらうなずいた。「一月十日終る命の繋がりてこれから先は焦らず生きむ」という歌を記した。命の繋がった意味をかみしめ左半身麻痺という重荷を抱えつつ、私の夢である歌集出版に目標を持ち続けてきた。父の細野春翠が創作叢書三号『自然の息』を昭和六年に出版した故に、私も夢の実現に向かって昭和二十六年に若山牧水の結社、創作社に入社、細ぼそと発表して来た歌を自分の生きてきた時間の記録としてまとめることとした。

歌人であった父の所へ母は嫁ぎ、すぐ父と共に「創作」に入社し、ペンネーム新堀貞子で歌会に出席し競いあった。かくの如き父と八日市場小町と評された母サダの三女の敏子として生を受け、祖母に可愛がられ、何一つ不自由のなきわがまま一杯の幼少時代だった。産土(うぶすな)神社本殿の裏側の道沿いに忠魂碑と並んで父細野憲司（春翠）の歌碑がある。昭和二十九年九月に建てられたもので、当時二十三歳の私が除幕をした。

「つゆじめりゆたけきなかに咲きたれて秋の小草のみなうつくしき」神原克重の碑文が裏に刻まれている。

その後、三十年三月十日高屋と結婚し高屋敏子となり、郷里の友の「創作」同人及川堅造氏にすすめられ歌人の仲間入りをする。そして神原克重の指導のもと「創作」に入社し席を置いたが、その後に「海峡」を牧水の二男の妻の若山登美子氏たちが立ち上げた「海峡」に参加することになる。十数名のお顔と作品の一致する小結社で楽しい十年位をすごし、主宰者及び会員の高齢化が原因で閉刊した。

現在、「なの花会」を担当し、月一度ボランティアで習志野公民館の大久保で指導をしている。思えば歌作りを始めて六十七年、妹と二人で牧水・啄木・白秋の歌を暗記して競いあっていた時代がなつかしい思い出の一つである。そして私が多忙な中、「なの花会」を放っておけない理由の一つは「玉樟」の結社を神原克重先生が主宰者・代表として発刊していたことだ。先生の死亡された時、後継者を住実也子さんか髙屋敏子でと当時「創作」の同人鈴木保司先生に名指しされた時、住さんも私髙屋も力不足ということで、創作社の中で当時、川久保病院の看護婦をしていらした西海石洋子さんが肩代わりしてくれた。その時「なの花会」に名を改め現在に至っている。「創作」時代の選者だった神原先生の立ち上げられた結社だったし、媒酌人だった関係で父の様に思っていた先生のおこした会だったので、西海石さん亡きあと、私は成松さんをたてて会を持続してきた。考えれば成松さんも西海石さんも若山登美子さんも私も揃って第二詠草に、四人が揃って「創作」に名を連ねていた頃もある。私は誰より若かったので、歌の芽ははじけるものがあったらしく他の選者に歌をとりあげて頂き嬉しかったと、一人悦に入っていた時代もあった。その様な理由で現在、習志野大久保公民館にて私の今まで得た短歌に関する知識を一人でも伝えていきたいと半身麻痺の身ながら前向きにボランティア活動をしている。

昭和二十六年「創作」入社以降から現在までの関係した短歌誌上に掲載された約六、七千首以上の短歌からコールサック社の編集者と相談し絞り込んだ六四〇首から成る歌集『息づく庭』の出版することとした。少し気恥ずかしい思いもあるが、歌集『息づく庭』をお読み頂けたらこの上ない喜びだ。

この度は、三人の娘、堀越真子、高屋展子、高屋潤子には私の思いを理解して支援をしてくれ、心より感謝している。この歌集を若山登美子さん、父の細野春翠、母の新堀貞子、亡き夫高屋格夫、そして三人の娘たちに捧げたい。

またコールサック社の鈴木比佐雄氏には編集・解説文、座馬寛彦氏には校正・校閲、奥川はるみ氏に装丁などでご尽力頂き深く感謝申し上げます。

平成三十年　初秋

高屋　敏子

髙屋敏子（たかや　としこ）略歴

昭和六年七月八日、千葉県香取郡常盤村生まれ。
昭和二十五年から二十九年三月まで常盤小学校教員。
短歌結社「創作」、短歌誌「海峡」を経て、短歌結社「玉樟」に入社。
現在、短歌グループ「なの花会」代表。
習志野市大久保公民館にて短歌の指導を行う。

〔茶道・華道関係の受賞及び役職歴〕
平成十一年、十二年、二十三年、二十四年、船橋市茶道連盟会長（四期）。
平成十四年、千葉県支部功労賞（茶道）。

平成十五年、船橋市功労賞（茶道）。
平成十七年、船橋市功労賞（華道）。
平成二十九年、池坊華道文化継承功労賞（家元四十五世・池坊専永）。

〔現住所〕
〒二七三‐〇〇〇三
千葉県船橋市宮本四‐三‐一六

石炭袋

高屋敏子 歌集『息づく庭』

2018 年 11 月 15 日初版発行
著　者　高屋敏子
編　集　鈴木比佐雄・座馬寛彦
発行者　鈴木比佐雄
発行所　株式会社 コールサック社
〒 173-0004　東京都板橋区板橋 2-63-4-209
電話 03-5944-3258　FAX 03-5944-3238
suzuki@coal-sack.com　http://www.coal-sack.com
郵便振替　00180-4-741802
印刷管理　（株）コールサック社　製作部

＊ 装丁　奥川はるみ

落丁本・乱丁本はお取り替えいたします。
ISBN978-4-86435-365-6　C1092　￥2000E